TRISTAN CORBIÈRE

ARMOR

ÉDITION ORNÉE DE
GRAVURES SUR BOIS
ORIGINALES PAR
DESLIGNÈRES

A PARIS

CHEZ L'IMPRIMEUR LÉON PICHON
5, Rue Christine, 5

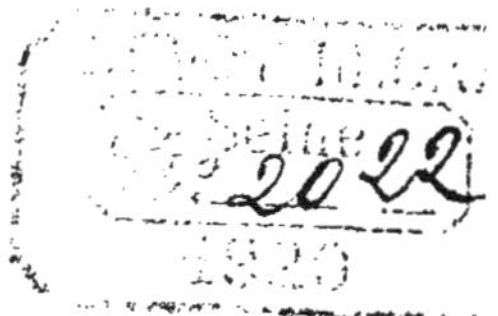

ARMOR

32

8 4e.
9835

TRISTAN CORBIÈRE

ARMOR

EDITION ORNÉE DE
GRAVURES SUR BOIS
ORIGINALES PAR
DESLIGNÈRES

A PARIS

CHEZ L'IMPRIMEUR LÉON PICHON

5, Rue Christine, 5

1920

PAYSAGE MAUVAIS

PAYSAGE MAUVAIS

Sables de vieux os — Le flot râle
Des glas : crevant bruit sur bruit...
— Palud pâle, où la lune avale
De gros vers pour passer la nuit.

— Calme de peste, où la fièvre
Cuit... Le follet damné languit.
— Herbe puante où le lièvre
Est un sorcier poltron qui fuit...

— La Lavandière blanche étale
Des trépassés le linge sale,
Au *soleil des loups*... — Les crapauds,

Petits chantres mélancoliques,
Empoisonnent de leurs coliques
Les champignons, leurs escabeaux.

(Marais de Guérande. — Avril.)

NATURE MORTE

NATURE MORTE

Des coucous l'*Angelus* funèbre
A fait sursauter, à ténèbre,
Le coucou, pendule du vieux,

Et le chat-huant, sentinelle,
Dans sa carcasse, à la chandelle
Qui flamboie à travers ses yeux.

— Ecoute se taire la chouette...
— Un cri de bois : C'est *la brouette*
De la Mort, le long du chemin...

Et, d'un vol joyeux, la corneille
Fait le tour du toit où l'on veille
Le défunt qui s'en va demain.

(Bretagne. — Avril.)

UN RICHE
EN BRETAGNE

UN RICHE EN BRETAGNE

O fortunatos nimium, sua si...
VIRGILE.

C'est le bon riche, c'est un vieux pauvre en Bretagne,
Oui, pouilleux de pavé sans eau pure et sans ciel !
— Lui, c'est un philosophe errant dans la campagne;
Il aime son pain noir sec — pas beurré de fiel...

S'il n'en a pas : bonsoir. — Il connaît une crèche
Où la vache lui prête un peu de paille fraîche;
Il s'endort, rêvassant planche-à-pain au milieu,
Et s'éveille au matin en bayant au Bon Dieu.
— *Panem nostrum*... — Sa faim a le goût d'espérance...
Un *Benedicite* s'exhale de sa panse;
Il sait bien que pour lui l'œil d'en haut est ouvert
Dans ce coin d'où tomba la manne du désert
Et le pain de son sac...
                Il va de ferme en ferme.
Et jamais à son pas la porte ne se ferme,
— Car sa venue est bien. — Il entre à la maison
Pour allumer sa pipe en soufflant un tison
Et s'assied. — Quand on a quelque chose, on lui donne;
Alors, il se secoue et rit, tousse et rognonne
Un *Pater* en hébreu. Puis, son bâton en main,
Il reprend sa tournée en disant : à demain.
Le gros chien de la cour en passant le caresse...
— Avec ça, peut-on pas se passer de maîtresse ?...
Et, — qui sait, — dans les champs, un beau jour, la beauté
Peut s'amuser aussi à faire la charité...

— Lui, n'est pas pauvre : il est *Un Pauvre,* — et s'en contente.

C'est un petit rentier, moins l'ennui de la rente.
Seul, il se chante vêpre en berçant son ennui...
— Travailler — Pour que faire ?... On travaille pour lui.
Point ne doit déroger, il perdrait la pratique ;
Il doit garder intact son vieux blason mystique.
— Noblesse oblige. — Il est saint : à chaque foyer
Sa niche est là, tout près du grillon familier.
Bon messager boiteux, il a plus d'une histoire
A faire froid au dos, quand la nuit est bien noire...
N'a-t-il pas vu, rôdeur, durant les clairs minuits
Dans la lande danser les *cornandons* maudits...

— Il est simple... peut-être. — Heureux ceux qui sont simples !
A la lune, n'a-t-il jamais cueilli des simples ?...
— Il est sorcier peut-être... et, sur le mauvais seuil,
Pourrait, en s'en allant, jeter le mauvais œil...
— Mais non : mieux vaut porter bonheur ; dans les familles,
Proposer ou chercher des maris pour les filles.
Il est de noce alors ; très humble desservant
De *la part du Bon-Dieu.* — Dieu doit être content :
Plein comme feu Noé, son Pauvre est ramassé
Le lendemain matin au revers d'un fossé.

Ah, s'il avait été senti du doux Virgile...
Il eût été traduit par Monsieur Delille,
Comme un « *trop fortuné s'il connût son bonheur...* »

— Merci : ça le connaît, ce marmiteux seigneur !

(Saint-Thégonnec.)

SAINT TUPETU

DE

TU-PE-TU

SAINT TUPETU

DE

TU-PE-TU

Il est, dans la vieille Armorique,
Un saint — des saints le plus pointu —
Pointu comme un clocher gothique
Et comme son nom : TUPETU.

Son petit clocheton de pierre
Semble prêt à changer de bout...
Il lui faut, pour tenir debout,
Beaucoup de foi... beaucoup de lierre...

Et, dans sa chapelle ouverte, entre
— Tête ou pieds — tout franc Breton
Pour lui tâter l'œuf dans le ventre,
L'œuf du destin : C'est oui ? — c'est non ?...

— Plus fort que Sainte Cunégonde —
Ou Cucugnan de Quilbignon...
Petit prophète au pauvre monde,
Saint de la veine ou du guignon,

Il tient sa *Roulette-de-chance*
Qu'il vous fait aller pour cinq sous ;
Ça dit, bien mieux qu'une balance,
Si l'on est dessus ou dessous.

C'est la roulette sans pareille,
Et les grelots qui sont parmi
Vont, là-haut, chatouiller l'oreille
Du coquin de Sort endormi.

Sonnette de la Providence,
Et serinette du Destin;
Carillon faux, mais argentin;
Grelottière de l'Espérance...

Tu-pe-tu ! — D'un bord ou de l'autre !
Tu-pe-tu ! — Banco. — Quitte ou tout !
Juge de paix sans patenôtre...
TUPETU, saint valet d'atout !

Tu-pe-tu ! — Pas de milieu !...
TUPETU, sorcier à musique,
Croupier du tourniquet mystique
Pour les macarons du Bon-Dieu !...

Médecin héroïque, il pousse
Le mourant à sauter le pas :
Soit dans la vie à la rescousse...
Soit, à pieds joints, en plein trépas :

— *Tu-pe-tu !* cheval couronné !
— *Tu-pe-tu !* qu'on saute ou qu'on butte !
— *Tu-pe-tu !* vieillard obstiné !...
Au bout du fossé la culbute !

TUPETU, saint tout juste honnête,
Petit Janus chair et poisson !
Saint confesseur à double tête,
Saint confesseur à double fond !…

— Pile-ou-face de la vertu,
Ambigu patron des pucelles
Qui viennent t'offrir des chandelles…
Jésuite ! tu dis : *Tu-pe-tu !*

LA RAPSODE FORAINE

ET

LE PARDON DE SAINTE-ANNE

LA RAPSODE FORAINE

ET

LE PARDON DE SAINTE-ANNE

La Palud, 27 août, jour du Pardon.

Bénite est l'infertile plage
Où, comme la mer, tout est nud.
Sainte est la chapelle sauvage
De Sainte-Anne-de-la-Palud,

De la Bonne Femme Sainte Anne,
Grand'tante du petit Jésus,
En bois pourri dans sa soutane,
Riche… plus riche que Crésus !

Contre elle la petite Vierge,
Fuseau frêle, attend l'*Angelus ;*
Au coin, Joseph, tenant son cierge,
Niche, en saint qu'on ne fête plus…

. . . .

C'est le *Pardon.* — Liesse et mystères —
Déjà l'herbe rase a des poux…
— Sainte Anne, onguent des belles-mères !
Consolation des époux !…

Des paroisses environnantes :
De Plougastel et Loc-Tudy,
Ils viennent tous planter leurs tentes,
Trois nuits, trois jours, — jusqu'au lundi.

Trois jours, trois nuits, la palud grogne,
Selon l'antique rituel,
— Chœur séraphique et chant d'ivrogne —
Le *CANTIQUE SPIRITUEL*.

*
* *

Mère taillée à coups de hache,
Tout cœur de chêne dur et bon,
Sous l'or de ta robe se cache
L'âme en pièce d'un franc Breton !

*

— Vieille verte à face usée
Comme la pierre du torrent,
Par des larmes d'amour creusée,
Séchée avec des pleurs de sang !

*

— Toi, dont la mamelle tarie
S'est refait, pour avoir porté
La Virginité de Marie,
Une mâle virginité !

*

— Servante-maîtresse altière,
Très haute devant le Très-Haut,
Au pauvre monde pas fière,
Dame pleine de comme-il-faut !

*

— Bâton des aveugles ! Béquille
Des vieilles ! Bras des nouveau-nés !
Mère de madame ta fille !
Parente des abandonnés !

*

— O Fleur de la pucelle neuve !
Fruit de l'épouse au sein grossi !
Reposoir de la femme veuve...
Et du veuf Dame-de-merci !

*

Arche de Joachim ! Aïeule !
Médaille de cuivre effacé !
Gui sacré ! Trèfle quatre-feuille !
Mont d'Horeb ! Souche de Jessé !

*

O toi qui recouvrais la cendre,
Qui filais comme on fait chez nous,
Quand le soir venait à descendre,
Tenant l'ENFANT sur tes genoux ;

*

Toi qui fus là, seule, pour faire
Son maillot neuf à Bethléem,
Et là, pour coudre son suaire
Douloureux, à Jérusalem !...

*

Des croix profondes sont tes rides,
Tes cheveux sont blancs comme fils...
— Préserve des regards arides
Le berceau de nos petits-fils !

*

Fais venir et conserve en joie
Ceux à naître et ceux qui sont nés.
Et verse, sans que Dieu te voie,
L'eau de tes yeux sur les damnés !

*

Reprends dans leur chemise blanche
Les petits qui sont en langueur...
Rappelle à l'éternel Dimanche
Les vieux qui traînent en longueur

*

— *Dragon-gardien de la Vierge,*
Garde la crèche sous ton œil.
Que, près de toi, Joseph-concierge
Garde la propreté du seuil !

*

Prends pitié de la fille-mère,
Du petit au bord du chemin...
Si quelqu'un leur jette la pierre,
Que la pierre se change en pain !

*

— *Dame bonne en mer et sur terre,*
Montre-nous le ciel et le port,
Dans la tempête ou dans la guerre...
O Fanal de la bonne mort !

*

Humble : à tes pieds n'as point d'étoile,
Humble... et brave pour protéger !
Dans la nue apparaît ton voile,
Pâle auréole du danger.

*

— Aux perdus dont la vie est grise,
(— Sauf respect — perdus de boisson)
Montre le clocher de l'église
Et le chemin de la maison.

*

Prête ta douce et chaste flamme
Aux chrétiens qui sont ici...
Ton remède de bonne femme
Pour les bêtes-à-corne aussi !

*

Montre à nos femmes et servantes
L'ouvrage et la fécondité ...
— Le bonjour aux âmes parentes
Qui sont bien dans l'éternité !

*

Nous mettrons un cordon de cire,
De cire-vierge jaune autour
De ta chapelle et ferons dire
Ta messe basse au point du jour.

*

Préserve notre cheminée
Des sorts et du monde malin ...
A Pâques te sera donnée
Une quenouille avec du lin.

*

Si nos corps sont puants sur terre,
Ta grâce est un bain de santé;
Répands sur nous, au cimetière,
Ta bonne odeur de sainteté.

*

— A l'an prochain ! — Voici ton cierge
(C'est deux livres qu'il a coûté).
...Respects à Madame la Vierge,
Sans oublier la Trinité.

*
* *

...Et les fidèles, en chemise,
Sainte Anne, ayez pitié de nous !
Font trois fois le tour de l'église
En se traînant sur leurs genoux

Et boivent l'eau miraculeuse
Où les Job teigneux ont lavé
Leur nudité contagieuse...
Allez : la Foi vous a sauvé ! —

C'est là que tiennent leurs cénacles
Les pauvres, frères de Jésus.
— Ce n'est pas la cour des miracles,
Les trous sont vrais : *Vide latus !*

Sont-ils pas divins sur leurs claies
Qu'auréole un nimbe vermeil,
Ces propriétaires de plaies,
Rubis vivants sous le soleil !...

En aboyant, un rachitique
Secoue un moignon désossé,
Coudoyant un épileptique
Qui travaille dans un fossé.

Là, ce tronc d'homme où croît l'ulcère,
Contre un tronc d'arbre où croît le gui.
Ici, c'est la fille et la mère
Dansant la danse de Saint-Guy.

Cet autre pare le cautère
De son petit enfant malsain :
— L'enfant se doit à son vieux père...
Et le chancre est un gagne-pain !

Là, c'est l'idiot de naissance,
Un *visité par Gabriel,*
Dans l'extase de l'innocence...
— L'innocent est près du ciel ! —

— Tiens, passant, regarde : tout passe...
L'œil de l'idiot est resté.
Car il est en état de grâce...
— Et la Grâce est l'Eternité ! —

Parmi les autres, après vêpre,
Qui sont d'eau bénite arrosés,
Un cadavre, vivant de lèpre,
Fleurit, souvenir des Croisés...

Puis tous ceux que les Rois de France
Guérissaient d'un toucher de doigts...
— Mais la France n'a plus de rois,
Et leur dieu suspend sa clémence.

— Charité dans leurs écuelles !...
Nos aïeux ensemble ont porté
Ces fleurs de lis en écrouelles
Dont ces *choisis* ont hérité.

Miserere pour les ripailles
Des *Ankokrignets* et *Kakous* !...
Ces moignons-là sont des tenailles,
Ces béquilles donnent des coups.

Risquez-vous donc là, gens ingambes,
Mais gare pour votre toison :
Gare aux bras crochus ! gare aux jambes
En *kyriè-éleison* !

... Et détourne-toi, jeune fille,
Qui viens là voir et prendre l'air...
Peut-être, sous l'autre guenille,
Percerait la guenille en chair...

C'est qu'ils chassent là sur leurs terres !
Leurs peaux sont leurs blasons béants :
— Le droit du seigneur à leurs serres !...
Le droit du seigneur de céans !

Tas d'*ex-voto'''''* de carne impure,
Charnier d'élus pour les cieux,
Chez le Seigneur ils sont chez eux !
— Ne sont-ils pas sa créature ?...

Ils grouillent dans le cimetière :
On dirait des morts déroutés
N'ayant tiré de sous la pierre
Que des membres mal reboutés.

— Nous, taisons-nous !... Ils sont sacrés.
C'est la faute d'Adam punie.
Le doigt d'En-haut les a marqués :
— La droite d'En-haut soit bénie !

Du grand troupeau boucs émissaires
Chargés des forfaits d'ici-bas,
Sur eux Dieu purge ses colères !...
— Le pasteur de Sainte-Anne est gras. —

. . . .

Mais une note pantelante,
Echo grelottant dans le vent,
Vient battre la rumeur bêlante
De ce purgatoire ambulant.

Une forme humaine qui beugle
Contre le *calvaire* se tient;
C'est comme une moitié d'aveugle :
Elle est borgne, et n'a pas de chien...

C'est une rapsode foraine
Qui donne aux gens pour un liard
L'*Istoyre de la Magdalayne*,
Du *Juif-Errant* ou d'*Abaylar*.

Elle hâle comme une plainte,
Comme une plainte de la faim,
Et, longue comme un jour sans pain,
Lamentablement, sa complainte...

— Ça chante comme ça respire,
Triste oiseau sans plume et sans nid,
Vaguant où son instinct l'attire :
Autour des Bon-Dieu de granit...

Ça peut parler aussi, sans doute.
Ça peut penser comme ça voit :
Toujours devant soi la grand'route…
— Et, quand ç'a deux sous… ça les boit.

— Femme ? on dirait, hélas — sa nippe
Lui pend, ficelée en jupon ;
Sa dent noire serre une pipe
Éteinte… Oh, la vie a du bon ! —

Son nom ?… ça se nomme Misère.
Ça s'est trouvé né par hasard.
Ça sera trouvé mort par terre…
La même chose — quelque part.

Si tu la rencontres, Poète,
Avec son vieux sac de soldat :
C'est notre sœur… donne — c'est fête —
Pour sa pipe, un peu de tabac !…

Tu verras dans sa face creuse
Se creuser, comme dans du bois,
Un sourire, et sa main galeuse
Te faire un vrai signe de croix.

CRIS D'AVEUGLE

CRIS D'AVEUGLE

Sur l'air bas-breton : *Ann hini goz.*

L'œil tué n'est pas mort
Un coin le fend encor
Encloué je suis sans cercueil
On m'a planté le clou dans l'œil
L'œil cloué n'est pas mort
Et le coin entre encor

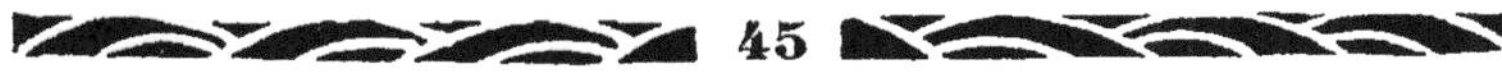

Deus misericors
Deus misericors
Le marteau bat ma tête en bois
Le marteau qui ferra la croix
Deus misericors
Deus misericors

Les oiseaux croque-morts
Ont donc peur à mon corps
Mon Golgotha n'est pas fini
Lamma lamma sabactani
Colombes de la Mort
Soiffez après mon corps

Rouge comme un sabord
La plaie est sur le bord
Comme la gencive bavant
D'une vieille qui rit sans dent
La plaie est sur le bord
Rouge comme un sabord

Je vois des cercles d'or
Le soleil blanc me mord
J'ai deux trous percés par un fer
Rougi dans la forge d'enfer
Je vois un cercle d'or
Le feu d'en haut me mord

Dans la moelle se tord
Une larme qui sort
Je vois dedans le paradis
Miserere De profundis
Dans mon crâne se tord
Du soufre en pleur qui sort

Bienheureux le bon mort
Le mort sauvé qui dort
Heureux les martyrs les élus
Avec la Vierge et son Jésus
O bienheureux le mort
Le mort jugé qui dort

Un Chevalier dehors
Repose sans remords
Dans le cimetière bénit
Dans sa sieste de granit
L'homme en pierre dehors
A deux yeux sans remords

Ho je vous sens encor
Landes jaunes d'Armor
Je sens mon rosaire à mes doigts
Et le Christ en os sur le bois
A toi je baye encor
O ciel défunt d'Armor

Pardon de prier fort
Seigneur si c'est le sort
Mes yeux deux bénitiers ardents
Le diable a mis ses doigts dedans
Pardon de crier si fort
Seigneur contre le sort

J'entends le vent du nord
Qui bugle comme un cor
C'est l'hallali des trépassés
J'aboie après mon tour assez
J'entends le vent du nord
J'entends le glas du cor

(Menez-Arrez.)

LA PASTORALE DE CONLIE

PAR

UN MOBILISÉ DU MORBIHAN

LA PASTORALE DE CONLIE

PAR

UN MOBILISÉ DU MORBIHAN

> Moral jeunes troupes excellent.
>
> (Off.)

Qui nous avait levés dans le *Mois-noir* — Novembre —
    Et parqués comme des troupeaux
Pour laisser dans la boue, au *Mois-plus-noir* — Décembre —
    Des peaux de moutons et nos peaux !

Qui nous a lâchés là : vides, sans espérance,
    Sans un levain de désespoir !
Nous entre-regardant, comme cherchant la France...
    Comiques, faisant peur à voir !

— Soldats tant qu'on voudra !... soldat est donc un être
    Fait pour perdre le goût du pain ?...
Nous allions mendier; on vous envoyait paître :
    Et... nous paissions à la fin !

— S'il vous plaît : quelque chose à mettre dans nos bouches ?...
    — Héros et bêtes à moitié ! —
... Ou quelque chose là : du cœur ou des cartouches...
    — On nous a laissé la pitié !

L'aumône : on nous la fit — Qu'elle leur soit rendue,
    A ces bienheureux uhlans soûls,
Qui venaient nous jeter une balle perdue...
    Et pour rire !... comme des sous.

On eût dit un radeau de naufragés. — Misère —
    Nous crevions devant l'horizon.
Nos yeux troubles restaient tendus vers une terre...
    Un cri nous montait : Trahison !

— Trahison... c'est la guerre! On trouve à qui l'on crie!...
    — Nous : pas besoin... — Pourquoi trahis?...
J'en ai vu parmi nous, sur la Terre-Patrie,
    Se mourir du mal du pays.

— Oh, qu'elle s'en allait morne, la douce vie!...
    Soupir qui sentait le remord
De ne pouvoir serrer sur sa lèvre une hostie,
    Entre ses dents la male-mort!...

— Un grand enfant nous vint, aidé par deux gendarmes
    — Celui-là ne comprenait pas —
Tout barbouillé de vin, de sueur et de larmes,
    Avec un *biniou* sous son bras.

Il s'assit dans la neige en disant : Ça m'amuse
    De jouer mes airs; laissez-moi. —
Et, le surlendemain, avec sa cornemuse,
    Nous l'avons enterré. — Pourquoi!...

Pourquoi? Dites-leur donc, vous du Quatre-Septembre,
    A ces vingt mille croupissants!...
Citoyens décréteurs de victoires en chambre,
    Tyrans forains impuissants!

— La parole est à vous — la parole est légère !...
    La Honte est fille... Elle passa —
Ceux dont les pieds verdis sortent à fleur de terre
    Se taisent... — Trop vert pour vous, ça !

— Ha ! Bordeaux, n'est-ce pas, c'est une riche ville...
    Encore en France, n'est-ce pas ?...
Elle avait chaud partout votre garde mobile,
    Sous les balcons marquant le pas !

La résurrection de nos boutons de guêtres
    Est loin pour vous faire sónger;
Et, vos noms, je les vois collés partout, ô Maîtres !...
    — La honte ne sait plus ronger. —

— Nos chefs... ils faisaient bien de se trouver malades !
    Armés en faux-turcs-espagnols,
On en vit quelques-uns essayer des parades
    Avec la troupe des Guignols.

— *Le moral : excellent.* — Ces rois avaient des reines
    Parmi leurs sacs-de-nuit de cour...
A la botte vernie il faut robes à traînes;
    La vaillance est sœur de l'amour.

— Assez ! — Plus n'en fallait de fanfare guerrière
    A nous, brutes gardes-moutons,
Nous : ceux-là qui restaient simples, à leur manière,
    Soldats, catholiques, bretons...

A ceux-là qui tombaient bayant à la bataille,
    Ramas de vermine sans nom,
Espérant le premier qui vînt crier : Canaille !
    Au canon, la chair à canon !...

— Allons donc : l'abattoir ! — Bestiaux galeux qu'on rosse,
    On nous fournit aux Prussiens ;
Et, nous voyant rouler-plat sous les coups de crosse,
    Des Français aboyaient : Bons chiens !

Hallali ! ramenés ! — Les perdus... Dieu les compte, —
    Abreuvés de banals dédains ;
Poussés, traînant au pied la savate et la honte,
    Cracher sur nos foyers éteints.

. . . .

— Va ! toi qui n'es pas bue, ô fosse de Conlie !
    De nos jeunes sangs appauvris
Qu'en voyant regermer tes blés gras, on oublie
    Nos os qui végétaient, pourris,

La chair plaquée après nos blouses en guenilles
    — Fumier tout seul rassemblé...
— Ne mangez pas ce pain, mères et jeunes filles !
    L'*ergot* de mort est dans le blé.

(70.)

TABLE

TABLE

LE TIRAGE DE CETTE ÉDITION,

ACHEVÉ LE VINGT-CINQ AOUT MIL NEUF CENT VINGT,

SUR LES PRESSES DE L'IMPRIMEUR

LÉON PICHON,

A ÉTÉ LIMITÉ A :

QUINZE EXEMPLAIRES SUR JAPON ANCIEN A LA FORME,

MARQUÉS DE 1 A 15 ;

VINGT-CINQ EXEMPLAIRES SUR JAPON

DE LA MANUFACTURE IMPÉRIALE,

MARQUÉS DE 16 A 40 ;

QUARANTE EXEMPLAIRES SUR CHINE,

MARQUÉS DE 41 A 80 ;

TROIS CENT SOIXANTE EXEMPLAIRES SUR VÉLIN A LA CUVE

DES PAPETERIES D'ARCHES,

MARQUÉS DE 81 A 440.

EXEMPLAIRE Nᵒ